AF602659

Vente du Mercredi 26 Avril 1911

HOTEL DROUOT — SALLE N° 7

Le Bon Genre N° 66.

Une Chinoise de la Chaussée d'Antin.

N° 21 du Catalogue

ESTAMPES

Relatives aux

MŒURS & USAGES DE LA 1re MOITIÉ DU XIXe SIÈCLE

Me ANDRÉ DESVOUGES — M. LOYS DELTEIL

FRAZIER-SOYE

GRAVEUR-IMPRIMEUR

153-157, RUE MONTMARTRE

PARIS

CATALOGUE

D'UNE

Intéressante Collection d'Estampes

relatives aux

MŒURS et USAGES

DE LA

Ire MOITIÉ DU XIXe SIÈCLE

Dont la vente aura lieu

à Paris, HOTEL DROUOT, Salle N° 7

Le Mercredi 26 Avril 1911

à 2 heures précises

Par le Ministère de Me ANDRÉ DESVOUGES

COMMISSAIRE-PRISEUR

26, Rue de la Grange-Batelière

Assisté de M. LOYS DELTEIL, Artiste-Graveur, Expert

2, Rue des Beaux-Arts

CONDITIONS DE LA VENTE

Elle sera faite au comptant.

Les adjudicataires paieront *dix pour cent* en sus des enchères.

M. Loys Delteil remplira les commissions que voudront bien lui confier les amateurs ne pouvant y assister.

MM. les amateurs pourront visiter la collection, 2, *rue des Beaux-Arts*, du Vendredi 21 au Mardi 25 Avril 1911, de 2 heures à 5 heures (le Dimanche excepté).

Le Peintre-Graveur Illustré

(XIXe & XXe SIÈCLES)

par LOYS DELTEIL

OUVRAGE HONORÉ D'UNE SOUSCRIPTION DU MINISTÈRE DE L'INSTRUCTION PUBLIQUE ET DES BEAUX-ARTS

TOME Ier — MILLET, ROUSSEAU, etc. . . . . . **Épuisé.**

TOME II — CH. MERYON . . . . **25** fr. et **20** fr.

TOME III — INGRES — EUG. DELACROIX

45 Exemplaires de luxe (*presque épuisés*). . . . . **50** francs
300 — . . . . **25** —
100 — (sans l'eau-forte de Delacroix) . . . . . . **20** —

TOME IV — ANDERS ZORN

350 Exemplaires avec l'eau-forte originale . . . . **40** francs
150 — (sans l'eau-forte) . . . . **30** —

TOME V — COROT

50 Exemplaires de luxe (*presque épuisés*). . . . . **70** francs
350 — (avec eau-forte). . . . . **25** —
100 — (sans l'eau-forte) . . . . **20** —

TOME VI — RUDE, BARYE, CARPEAUX, RODIN

40 Exemplaires de luxe. . . . . **40** francs
350 — — . . . . **16** —

EN SOUSCRIPTION : **POUR PARAITRE LE 6 MAI 1911**

TOME VII consacré à PAUL HUET

contenant la biographie du maître,
le Catalogue raisonné de son œuvre gravé et lithographié
avec le fac-simile des pièces décrites

1 Volume in-4°, orné du portrait de P. Huet, d'une **eau-forte originale** de P. Huet *(Saulée des Environs de Paris)*, et de 100 fac-simile.

40 Exemplaires sur japon. . . . . **50** francs
300 — (avec l'eau-forte) . . . . **20** »
100 — (sans l'eau-forte) . . . . **15** »

Nº 21 du Catalogue.

DÉSIGNATION

ALLIÉS A PARIS (Estampes relatives aux)

1. *Les Souverains Alliés à Paris et Arrivée des Souverains Alliés, année 1815, Paris, Martinet*, s. d. pl. frontispice en 2 états et pl. 1 à 13 et 17, soit 16 (sur 18) pièces *coloriées*, la plupart très belles.

2. Russes : Les Russes à Paris — Les Cosaques en Bonne fortune — Le Ridicule saisi — La Russe ou les Alliés à Tivoli — Les Bacchantes modernes — Le Russe prenant une leçon de Grâce à Paris. Six pièces *coloriées*.

3. Je vous en ratisse — Promenade des Alliés à Paris ou la rencontre imprévue — Le Bivouac des Cosaques. Trois pièces. Belles épreuves.

ANGLAIS (Estampes relatives aux)

4. Cours de politesse et de belles manières — Conversation anglaise — A trois pour un sol les Anglaises — Graduation de la famille anglaise — Promenade d'anglais — Famille anglaise en voyage — Débarquement d'anglais — Amusements des anglais à Londres. Huit pièces. Belles épreuves, *coloriées.*

5. Les Etrennes Anglaises — Le Souper pour rire — Les Anglais chez le restaurateur à Paris — Amusemens des Anglais à Paris — Goddem... — Sa Grâce Lord Bouffe-Trop — La Voracité anglaise. Huit pièces. Belles épreuves, *coloriées.*

6. Il est rasé — Entrez Messieurs et Dames — Femme à vendre — Doucement... — Milord Court... — Jacques Rosbif... — Le Tour de Carnaval — Les Dames anglaises après dîné — Le Thé Anglais. Neuf pièces. Belles épreuves, *coloriées.*

7. Les Anglais en Bourgogne — Milord Court (le Départ, l'Arrivée) — L'Après-dînée des Anglais — Un Anglais — La Collation Anglaise — Dandy's Toilette — The Stays — Rencontre d'Anglais à la Promenade. Dix pièces. Belles épreuves, *coloriées.*

8. Ché crois que le digestion... — Les Epoux Anglais à Paris — La Famille Anglaise à Paris — Trait de sensibilité — Les Milords Bouffes à Paris — L'Accolade anglaise — Les Anglaises de 1814 — Rencontre d'Anglais à la promenade — Costumes Militaires Anglais — Le Punch... Dix pièces. Belles épreuves, *coloriées.*

AUBRY (Ch.)

9. Diligence — A Stage-Coach, d'apr. H. Vernet. Deux pièces. Belles épreuves (la 2e *coloriée*).

AUGER (V.)

10. La Rencontre sur le Pont-Neuf — L'Amateur de Tableaux en extase — Le Bouquiniste en jouissance — Md d'habits... — Voyez Mr Bonardin... — Le Cabinet Littéraire en plein vent. Six pièces. Très belles épreuves, *coloriées.*

No 18 du Catalogue.

11. Mr Gillet, Tailleur — Mr Garrick, introducteur de Modes — Mme Pelisse — Milord Pouffe — L'Accolade perfide... Cinq pièces. Très belles épreuves, *coloriées.*

BANCE (chez)

12. L'Elégance Parisienne, pl. 1, 3 à 7, soit six pièces, *coloriées*, la plupart en très belles épreuves (2 courtes de marges).

BASSET (chez)

13. Un Coin du Pont-Neuf — Le Café du Bel Air ou les Gourmets du pont au change en jouissance. Deux pièces. Belles épreuves, *coloriées.*

14. Nouvelle manière d'essayer les culottes de peau — Effets merveilleux des bretelles — Effets merveilleux des lacets. Trois pièces formant série. Très belles épreuves, *coloriées*.

15. Que ne sont-ils camards — Le pied de nez — La Paix ramène l'Abondance — Les Amateurs — Coblentz à Paris — Le Samedi des Ouvrières — Le Coup de vent ou Bourrasque. Sept pièces. Belles épreuves, *coloriées*.

BASSET et MARTINET

16. Le Bain économique des Incroyables — Le Bain des Grâces et des Maigres — Le Bain à la papa. Trois pièces, *coloriées*.

BEAUMONT (Edouard de)

17. Nos jolies Parisiennes, titre et 30 pl. en 1 alb. in-4° cart. (manque la pl. 11) — Le Quart de monde, 31 pl. Ensemble 2 alb.

BERGERET (P. N.)

18. Les Musards de la rue du Coq (ou la devanture de l'éditeur Martinet). Très belle épreuve, coloriée. Rare. Collection Soulavie.

19. Le Suprême Bon ton actuel. Deux pièces. Belles épreuves, *coloriées*.

BOILLY (L.)

20. *Groupes physionomiques*, Paris, Aubert, s. d., suite de 24 pl. (numérotées de 1 à 25, manque la pl. 21) en 1 alb. in-4° cart. Belles épreuves, *coloriées*.

BON GENRE (le)

21. Le Bon Genre. *Paris*, 1827. Suite complète de 115 pièces *coloriées*. La présente collection contient

en outre, plusieurs planches avec différences pour les n^{os} suivants : n° 12 (2 sujets différents), 14 (2 sujets différents), 39 (2 états), 67 (2 états) et 107 (2 sujets différents), soit en tout 120 pièces, *coloriées*, en très belles épreuves (sauf 4 en moins bel état).

BOSIO (d'après D.)

22. Promenade de Longchamp an X — 1802. Très belle épreuve, *coloriée*.

23. Bal de l'Opéra. Très belle épreuve.

BOXE (Estampes sur la)

24. Les Boxeurs à Londres — Le Boxeur blessé. Deux pièces, *coloriées*.

CALICOTS (Estampes sur les)

25. Estampes relatives aux CALICOTS, frontispice et réunion de 54 pl., par Caroline Naudet, Charon, etc. Très belles épreuves, *coloriées*.

CARICATURES

26. Caricatures scatologiques, 13 pl. par Auger, J. Dinant, etc. Belles épreuves, *coloriées*.

CARICATURES POLITIQUES

27. Frères et Amis... — Le Printemps de 1815 — Le Tigre enchaîné — Départ pour l'Ile d'Elbe — L'Horoscope de l'Angleterre — La Marche du Gouvernement anglais — Délibération à l'anglaise — Les Généraux Russes passant la revue des recrues de 1813. Huit pièces. Belles épreuves, *coloriées*.

CHAM (Amédée de Noé, dit)

28. Ah quel plaisir de voyager — L'Art de réussir dans le monde. Deux alb. in-4°, cart.

29. Olla-podrida — La Bourse illustrée — Cham au Salon de 1863 — Les Jours gras — Au Bal de l'Opéra — Paris aux Courses, etc, 26 brochures.

CHAM et DAUMIER

30. *Chargeons les Russes, album de Quarante Caricatures* — 1 alb. in-4° cart. de publ.

CHAM, DAUMIER et VERNIER

31. *Les Cosaques pour Rire, album de quarante caricatures...* Paris, s. d. — 1 alb. gr. in-4° obl. cart. Très belles épreuves, *coloriées.*

CHARON (L. F.)

32. *Les Prodiges merveilleux du Kaloïdoscope... au Palais-Royal.* Belle épreuve, *coloriée.*

33. *Le Mari Coiffé de sa Femme ou le Ménage à la Mode.* Deux très belles épreuves *coloriées, d'état différent.*

34. Paris tel qu'il est — Les Provinces telles qu'elles sont — Tableau critique de l'Europe. Trois pièces. Belles épreuves, *coloriées.*

35. La Chaude déclaration — Les Amants en goguette — Le Vieil amateur — A l'Impossible nul n'est tenu — La Tête d'une Femme ou la Girouette à tout vent — Mlle Des-fleurettes — Mr Des-fadaises. Sept pièces. Belles épreuves, *coloriées.*

36. Les Ridicules du Jour — Les Chances de l'Hymen — La Femme comme il y en a peu — L'Homme comme il y en a tant — La Charge d'un Mari — Mr Bonasse — L'honnête homme — Le Fripon. Huit pièces. Très belles épreuves, *coloriées.*

CHATAIGNIER (Alexis)

37. La Mère à la Mode. Très belle épreuve, *coloriée.* Collection Soulavie.

CHEREAU (chez Mme Vve)

38. *Les Habitués ou les Gobe-mouches de la petite Provence au Jardin des Tuileries.* Très belle épreuve, *coloriée.*

39. Le Danger des papillottes — La Fureur des Corsets. Deux pièces, se faisant pendants. Belles épreuves, *coloriées.*

CHEREAU (chez J.)

40. Départ pour Frascati. Très belle épreuve, *coloriée.* Collection Soulavie.

41. La Balançoire. Belle épreuve, *coloriée.*

42. La Vie d'une Jolie Fille à Paris — La Vie d'un Joli Garçon à Paris. Deux pièces se faisant pendants. Très belles épreuves, *coloriées.*

CHEREAU — NOËL — MARTINET

43. L'Escamoteur — Le Batoniste — L'Ane savant. Trois pièces. Très belles épreuves, *coloriées.*

CHOLET (Samuel) — GATINE

44. *Chit... chit... — Fi-donc !* Deux pièces se faisant pendants — Les Extrêmes se touchent ou le Pas russe — Haute classe, pl. 12. Quatre pièces. Très belles épreuves, *coloriées.*

CLERGÉ (Estampes relatives au)

45. Le Confesseur de Village — Le Lutrin — Les Paysans assistant au sermon — Le Sermon de Village. Huit pièces. Belles épreuves, *coloriées.*

COIFFEURS (Estampes sur les)

46. Le Perruquier aux Aboyes — Les Dieux en perruque. Deux pièces. Très belles épreuves, *coloriées.*

COSTUMES MILITAIRES

47. Tableaux comparatifs des Principaux Corps Militaires Européens, 3 pl. *coloriées* (manquent un peu de conservation).

48. Lanciers de la Garde Royale Française — Hussard, Cuirassier et Dragon... — Troupes Françaises — Officier de la Garde Royale, Infanterie, 4 pl. par Thiébaut, Marvis, etc., d'apr. Finart. Très belles épreuves, *coloriées*.

DANSE (Estampes sur la)

49. La Walse — Le Bal de Vincennes. Très belle épreuve, *coloriée*.

50. La Leçon de Danse — Le Berceau d'Amour. Deux pièces. Très belles épreuves, *coloriées*.

51. La Valse — Les Valsheuses — La Valse sans pareille — Et nous aussi j'valsons. Quatre pièces de la collection Soulavie. Belles épreuves, *coloriées*.

52. Le Maître de Danse, lith[ie] 1822 — L'Ouverture d'un Bal — Waltzing in Courtship. Trois pièces, *coloriées*.

DAUMIER (Honoré)

53. *J'suis d'Garde à la merrie.* (Lith. de G. Engelnam). Très belle épreuve *coloriée* d'une pl. *non décrite*. Très rare.

54. Cortège du commandant Général des Apothicaires... (256). Belle épreuve *coloriée* (pli).

55. *Album des Charges du Jour, 30 lithographies par H. Daumier*, Paris, s. d. — frontispice et suite complète de 30 pl. en 1 alb. in-4 obl. cart. Bel exemplaire.

DAUMIER, PRUCHE, PLATIER

56. *Album de Caricatures*, Paris, Martinet, s. d. — titre et 25 pl. (dont 20 par Daumier : Bohémiens de Paris, Pastorales, Histoire ancienne, etc.) — 1 alb, in-4 cart. de publ.

N° 50 du Catalogue.

DÉCOUVERTES

56 *bis*. La Voix invisible — *aquarelle originale* (collection Destailleur) et épreuve de la pl. gravée. Deux pièces.

DELARUE (F.)

57. Tableaux de Paris, 10 planches. Très belles épreuves, *coloriées*.

DENTISTES (Estampes relatives aux)

58. L'Arracheur de dents — Sans efforts — L'Arracheur de dents, le mari et son épouse — Easing the Tooth-ach. Quatre pièces *coloriées*.

DEPEUILLE et MARTINET (chez)

59. Promenade des Jours Gras — Les Après (sic) du Bal — La Défense des Laids — Arlequin Suisse à moustache. Quatre pièces. Belles épreuves, *coloriées*.

DESRAIS (d'après C. L.)

60. Modes du Jour (Les Incroyables au billard, le Concert de Société, la Roulette, etc.), 14 pl. par Blanchard, Demonchy, Florian, *coloriées*, la plupart en belles épreuves. *Ce numéro sera divisé.*

DIVERS

61. M. et Mme Denis, 5 planches *coloriées*.

62. La Leçon du soir — En porterons-nous encore?... — Les Dangers de la pêche à l'épervier — La Fontaine de Jouvence — La Colombe menacée — L'Aspirant à sa toilette. Six pièces, *coloriées*.

63. Le Coup de vent. — Le mauvais Temps découvre la Vérité — Qui l'emportera — L'incroyable et unique Barnaba — Attaque de la diligence de Paris à Lyon. Six pièces. Belles épreuves, *coloriées*.

64. Courriers du Chien de Montargis — Un Mari coeffant sa Femme — La famille des Jobards — M. Nid-a-Rats — Un élégant Français, etc. 10 pl. *coloriées*.

65. Scènes de mœurs et Sujets divers, 12 p. *coloriées* (sauf une).

66. Scènes de mœurs, 15 pl. par Traviès, [Feuchère, Bouchot, etc., *coloriées*.

67. Scènes de mœurs et Caricatures politiques, 15 pl., *coloriées* (sauf une).

68. Scènes de mœurs et Sujets divers, 16 pl. par J. Scheffer, Leprince, etc., *coloriées*.

69. Scènes de mœurs et Caricatures diverses, 21 pl. par Pigal, Numa, G. de Cari, etc., *coloriées*.

DORÉ (Gustave)

70. *La Ménagerie parisienne*, Paris, s. d., titre et suite complète de 24 pl. Très bel exemplaire.

71. Des-agréments d'un voyage d'agrément, titre et 24 pl. — Folies gauloises depuis les Romains jusqu'à nos jours, 20 pl. Deux albums petit in-fol. obl. cart.

ÉCOSSAIS (Estampes sur les)

72. Planches relatives aux Ecossais, lors de leur séjour à Paris en 1815. Douze pièces *coloriées*, la plupart très belles.

ÉTRENNES (Estampes relatives aux)

73. L'Etudiant en Visites du Jour de l'An — L'Etudiant dans son intérieur au mois de Janvier — Les époux du Marais en visite du premier de l'an — Etrennes essentielles... — Voilà mes étrennes perdues — Mr Pinbèche... ou la rencontre du Jour de l'An — La Bonne Année. Sept pièces. Belles épreuves *coloriées*.

73 *bis*. Le suprême Bonbon — Le Compliment du Jour de l'An — Encore soixante-trois visites...— Au deffaut d'offre réel... — Oh ! les bonnes étrennes. Cinq pièces, très belles épreuves, *coloriées*.

73 *ter*. Le compliment du Jour de l'An, par C[ne] Naudet — Visites du nouvel An (1803), par Bonneville — Cadet Belle queue ou les étrennes à ma tante pour 1817. Trois pièces. Belles épreuves, *coloriées*.

FINART (d'après N.)

74. Le Courrier anglais — Le Courrier allemand — Le Courrier russe. Trois pièces par Fortier et Ruhierre. Belles épreuves, *coloriées*.

FINART (N.) et DINANT (J.) (d'après)

75. Les Alliés à Paris, 10 pl. par Rulhières, Blanchard et Thiebaut, publiées par Basset — Le Baiser forcé — Qu'il est aimable (Paris, chez Genty). Ensemble 12 pièces *coloriées*, la plupart très belles.

GARDE A VOUS

76. Garde a vous ou Caricatures Parisiennes, Paris, Martinet, s. d., pl. 1 à 23, 26, 27 et 29 à 37 : la planche n° 15 est double avec différence dans la lettre et la collection renferme une pl. 17 *bis*, soit en tout 36 planches *coloriées*. Très belles épreuves.

GARNEREY

77. *Collection des Nouveaux Costumes des autorités constituées, civils et militaires* — titre-texte et suite de 27 pl. (incomplète de 5 pl.) soit 22 pièces. — 1 alb. in-4 cart. Très belles épreuves, *coloriées*.

GASTRONOMIE (Estampes relatives à la)

78. La Taverne anglaise — Réunion gastronomique, *gravée par un Gourmand* — Mr Précaution allant à la Campagne — Déjeuner du Dimanche — Il m'en manque. Cinq pièces. Belles épreuves. *coloriées*.

GAUTIER

79. Est-ce ça ? Officiers et Soldats russes — Quelle nouvelle : Rencontre d'Officiers anglais et écossais à Paris. Deux pièces. Belles épreuves, *coloriées.*

80. Montagnes russes, Barrière du Roule — Saut du Niagara, Rue St-Lazare — Promenade aérienne du Jardin Beaujon. Suite de trois pièces rares. Superbes épreuves, *coloriées.*

N° 76 du Catalogue.

GAVARNI

81. Les Lorettes (763-841). Suite complète de 79 pl. en 1 alb. in-4 cart. coins.

82. Baliverneries parisiennes (1004-1028). Suite complète de 24 pl. en 1 alb. in-4 cart. coins.

83. *Album Comique par Gavarni,* contenant : Carnaval, 49 pl. (sur 50), Parfait créancier, 10 pl.,

Gentilshommes bourgeois, 3 pl., Faits et gestes du propriétaire, 6 pl., Affiches illustrées, 6 pl., Eloquence de la Chair, 20 pl., Des Mères de Famille, 5 pl., les Parents terribles, 1 pl., les Patrons, 2 pl. soit 102 pièces en 1 alb. in-4 cart.

84. Recueil de 90 planches contenant : Travestissemens, 12 pl. par A. Portier, *coloriées;* Nouveaux Travestissemens et Sujets divers extraits de l'*Artiste* — 1 alb. petit in-fol. cart. bradel, coins. Belles épreuves.

GÉANTS

85. Gulliver dans l'Isle des Géants (chez Martinet) — Les Extrêmes se touchent. Deux pièces. Belles épreuves, *coloriées.*

GIRIN

86. *Mœurs Moscovites*, Paris, A. de Vresse, s. d., titre et 18 pl. en 1 alb. in-4 cart. obl. couv. de publ.

GODEFROY (Adrien)

87. Le premier Pas d'un jeune Officier cosaque au Palais-Royal, 2 états — Les Adieux.., ou suite du premier Pas. Trois pièces *coloriées.*

88. Un Corps de Garde de la Garde nationale — Délassements militaires (chez Aubert). Deux pièces. Très belles épreuves *coloriées.*

GOUT DU JOUR (le)

89. Le Gout du Jour. Suite de 50 planches *coloriées* (manque la pl. 49). Le n° 17 est en double état et il y a été ajouté également le dessin original du n° 36, soit 51 pièces. la plus grande partie en très belles épreuves.

GRÉVIN (A.)

90. A travers Paris. Suite complète de 12 pl. *coloriées.*

HARRIET (d'après F. J.)

91. Le Thé parisien, par A. Godefroy. Belle épreuve, *coloriée.*

H. F.

92. Le Démocrite du Siècle, 7 pl. numérotées de 1 à 7. Belles épreuves, *coloriées.*

IMAGERIE POPULAIRE

93. Les Amateurs de la Comète — Crit (sic) de Paris — Les Maris commères, etc.; 10 pl. *coloriées.*

JAZET (J. P. M.)

94. La Pluye d'orage... – Les petits Bourgeois parisiens en partie de campagne... Deux pl. se faisant pendants. Belles épreuves, *coloriées.*

JEUX (Estampes sur les)

95. Jeu de Société : la Pendule (chez Martinet). Très belle épreuve, *coloriée.*

96. La Casse-tête omanie ou la fureur du Jour, par Gautier. Très belle épreuve, *coloriée.*

97. La Vengeance des Diables — Le Jeu du Diable — Jocrisse possédé du Diable — Les vrais Diables — Couplets sur le Jeu du Diable. Cinq pièces. Belles épreuves, *coloriées.*

98. Le Jeu des Sages — Le Délassement des Politiques — Les Papas jouants (sic) au petit palet (*Caricatures parisiennes*). Trois pièces *coloriées.*

99. Suite effrayante de la Passion du Jeu — Suite effrayante des Fréquentations du Sérail — Le Colin-Maillard — Résultat du Jeu de la Drogue Les Joueurs. Cinq pièces, *coloriées.*

JOLY (A.)

100. Arts, Métiers ft Cris de Paris, *Paris, Martinet. s. d.* (vers 1815). Suite complète de 60 planches *coloriées*, en 1 vol. gr. in-8 rel. fers. Superbe exemplaire à toutes marges.

JUBIN

101. Réunion d'Alliés, d'apr. Mallebranche. Deux belles épreuves, *coloriées*, une *avant toute lettre*.

QUEVERDO LE JEUNE

102. Les Meringues du Perron, ou Milord la Gobe. *coloriée*.

103. Millord Bouffi payant sa Carte à Madame Véri. Très belle épreuve, *coloriée*.

LAMI (Eugène)

104. Suite de 14 planches sur la *Danse*, gravées par Lebas. Belles épreuves *coloriées* (mouillures à plusieurs pl.).

LIÈVRE (Edouard)

105. *Retour de Crimée*, Paris, Martinet, s. d., titre et 15 pl. *coloriées* en 1 alb. in-fol. obl. cart. Très bel exemplaire.

106. Amourettes et Scènes enfantines, 12 pl. *coloriées*.

LEPRINCE (Xavier)

107. Inconvénients d'un voyage en diligence. Suite de 12 pl. (incomplète de la pl. 5), soit 11 pièces. Belles épreuves, *coloriées* (sauf une).

MARIAGE ET A L'AMOUR (Est. relatives au)

108. Pavillon de la Paix (chez Martinet). Belle épreuve *coloriée*.

N° 22 du Catalogue

N 23 du Catalogue

109. Le Logeur ou les effets des vertus hospitalières de Paris. Belle épreuve, *coloriée*.

110. Les Anglais chez ma Tante à Bruxelles. — Divertissement des Anglais en Belgique. — La Pudeur allarmée ou les Amours Prussiens. — Bivouac Prussien ou Déclaration d'Amour. Quatre pièces *coloriées*.

111. La première nuit des noces. — Le lendemain des noces. — Mariage de Mr Richelet. — Suite et effet du Mariage de Mr Richelet. Cinq pièces. Belles épreuves, *coloriées*.

112. Le premier baiser de l'amour. — Mr Toupet ou le Courtier d'Amour. — Matinée du Sérail. — Le Pâris Parisien. — La Belle décidée. — La femme à la mode. Six pièces. Belles épreuves, *coloriées*.

113. La Demande en Mariage. — Les Epoux assortis. — La leçon inutile. — On y va... — Quoi déjà une heure!... — L'Amour Français et l'Amour Anglais. Six pièces. Belles épreuves, *coloriées*.

114. Les trois manières de voir. — Duo de seringues à bâton mécanique. — Pas d'argent... — L'Amour tout en feu. — Avant. — Après. — Le Soir. — Le Matin. Huit pièces. Belles épreuves, *coloriées*.

115. Vingt planches relatives au Mariage et à l'Amour, publiées par Genty et Bégat. Epreuves *coloriées*.

MARTINET

116. *Costumes de l'Empereur Napoléon, de l'Impératrice, des Ministres... Administrateurs et autres Fonctionnaires publics, gravés et coloriés par Martinet, sur papier velin.* — Paris, Martinet, 1812. — 1 vol. in-8, contient 44 pl. auxquelles ont été ajoutées 7 costumes (dessins aquarellés). Très bel exemplaire. Très rare.

117. Les Perruquiers ambulants du Marché des Innocents. Très belle épreuve, *coloriée.*

118. *Les embarras de la rue St-Honoré au Coin de celle d'Orléans* (Café du Bosquet, n° 118). Très belle épreuve, *coloriée.*

119. La Réunion politique ou la Lecture du journal. (La Petite Provence, aux Tuileries). Très belle épreuve, *coloriée.* Collection Soulavie.

120. Les Délices du Marais. Très belle épreuve, *coloriée.* Rare.

121. Délassement des habitués du Luxembourg au Café du Sénat. Très belle épreuve, *coloriée.*

122. *Une Matinée du Luxembourg, scène dessinée d'après nature par un habitué du Jardin.* Très belle épreuve, *coloriée.*

123. Le Joujou du jour (le Kaleïdoscope). Belle épreuve, *coloriée.*

124. La Mère comme il y en a trop..., 2 états différents. Très belles épreuves, *coloriées.*

125. *Quel est le plus Ridicule ?* 2 états différents avec changement dans les personnages et planche inverse. Trois pièces. Très belles épreuves, *coloriées.*

126. Le Coup de Vent. Deux belles épreuves d'*états différents*, *coloriées.*

127. Cafés des Aveugles. — Café Politique. Deux pièces. Epreuves *coloriées.*

128. L'Agrément de l'Eté. — Les Douceurs de l'Automne. — Les Plaisirs de l'Hiver. Trois pièces *coloriées.*

129. Anglais et Ecossais. — Costumes Russes. Deux pièces. Très belles épreuves, *coloriées.*

130. Les Toasts. Trois belles épreuves *coloriées*, *d'états différents.*

131. Assemblée de Créanciers. — Préparation au bilan et divorce simulé. — Le Danger d'emprunt aux usuriers. Trois pièces formant série. Très belles épreuves, *coloriées*. Collection Soulavie.

132. Le Moment critique... — Les Amateurs. — La Cocotte à la Mode.— Siècle futur.— L'Epicurien. — Les Invisibles du Commerce volant à la Bourse. Six pièces. Belles épreuves, *coloriées*.

N° 122 du Catalogue.

133. Gare la d'ssous.— Le Vieux séducteur. — Le Coup de vent. — Le Mariage de Raison. — Eh bonjour donc. — La Débutante. — La Folie du Jour... Sept pièces. Belles épreuves, *coloriées*.

134. Les Epoux en Goguette. — M. Clic-clac, Md de fouets. — M. Grenier-à-Puce, Md de Chiens. — Tout le Monde s'en mêle. — Le faiseur de Pamphlets. — L'Eclipse du 7 Sept. 1820. Sept pièces. Belles épreuves, *coloriées*.

135. Le Nouveau don Quichotte. — La Pension de Jeunes Demoiselles. — Les Folies de nos grands Pères et les Nôtres. — Départ des Amateurs de L'Ile St-Ouen. — Le Marchand de Ridicules. — La Belle Meunière. — La Meunière sur le Retour. Sept pièces, *coloriées.*

136. Le Jour de Sortie. — D'aujourd'hui en huit. — Les Anciens Amis de collège à la Promenade. — M. et Mme Rainette de Caux... — Antichambre d'un Grand Seigneur. — Le Maître d'armes. — La Rencontre inattendue. — Le Ménage du Garçon. — Le Double piège. Neuf pièces. Belles épreuves, *coloriées.*

137. Les Employés supprimés. Très belle épreuve, *coloriée.*

138. Rébus, 8 planches. Belles épreuves, *coloriées.*

MARTINET ET BASSET

139. Les Passions. Suite complète de 12 pl. Belles épreuves, *coloriées.*

MARTINET ET CHEREAU (Vve)

140. Les Anglais à la Ménagerie. — Allons voir Martin monter à l'arbre. — La Famille anglaise au Museum à Paris. Trois pièces. Belles épreuves, *coloriées.*

MEDECINS (Est. relatives aux)

141. La Science infuse ou les Docteurs du jour. Très belle épreuve, *coloriée.*

142. La Consultation (Cezaire Invt). — Le Médecin et le Malade. — Un Médecin allant soigner ses Malades... — Le Charlatan montrant la peau d'un homme qu'il a guéri. Cinq pièces. Belles épreuves, *coloriées.*

143. Le Docteur Gal... imatias. — Admirable effet de la Vaccine. — Mascarade cranologique. Trois pièces. Belles épreuves, *coloriées*.

N° 125 du Catalogue.

MÉTIERS (Estampes sur les)

144. Le marchand de cannes. — Les décrotteurs artistes (Palais du Tribunat, n° 235). — Le Décrotteur distrait. — Les Animaux savans. — Les Artistes du 18e siècle!!! — Distraction d'un afficheur. — Les Rats de cave. — Le Marchand de caméleons. Dix pièces. Belles épreuves, *coloriées*.

MODES (Estampes relatives aux)

145. Les Oies du frère Philippe. — L'Inconvénient des faux Toupets. — Moi l'offre tout frais... — La Famille Française à Londres. Quatre pièces. Belles épreuves, *coloriées*.

146. Les Suppléans.— La Vénus antique à sa Toilette.— Les Avances perdues. — Les Avances inutiles. — La Chute Dangereuse et le Désagrément des Bretelles, 2 états, six pièces. Belles épreuves, *coloriées* (une légèrement rognée).

147. Les Invisibles, 1810. — Le Désagrément des Capotes ou le Baiser impossible. — La Parisienne de 1816. Trois pièces. Belles épreuves, *coloriées.*

MONNIER (Henry)

148. Boutiques de Paris, pl. 1 à 4. Belles épreuves (la 1re *coloriée*).

149. Une Soirée à la Mode. — Les Grisettes. — Esquisses Parisiennes, etc., 8 pl. Belles épreuves (4 *coloriées*).

MONNIER (H.) — LAMI (E.)

150. Voyage en Angleterre, Paris et Londres, 1829, couverture et 21 planches *coloriées* (sauf une).

MORRET

151. La Diseuse de Bonne Aventure, d'apr. Pasquier. Belle épreuve, *coloriée.*

MUSÉE GROTESQUE (le)

152. Musée Grotesque. Suite complète de 1 titre et 65 planches : on y a joint les n° 3 et 62 avec variantes, et le n° 3 bis, soit ensemble 69 pièces. Très belles épreuves à toutes marges, *coloriées*, sauf petite restauration aux marges des nos 48, 49 et 50. Très rare dans cette condition.

MUSIQUE (Est. relatives à la)

153. Réunion à la mode de 1801. (A Paris, chez Depeuille). Très belle épreuve, *coloriée.* Collection Soulavie.

154. La Danse des Chiens, par C^ne Naudet. — Les Chanteurs ambulants, par A. C. — L'Ossian moderne. — Musiciens ambulants. - Concert anglais. Cinq pièces. Belles épreuves, *coloriées* (l'avant-dernière *avant la lettre*).

155. Un Concert à Ste-Pélagie. — Pensent-ils à la Musique. — Le Trio Sentimental. — Départ du Musicien pour la Russie. — Retour du Musicien. —Vous n'êtes pas ici...Six pièces. Belles épreuves *coloriées*.

N° 156 du Catalogue.

NAUDET (Caroline)

156. *Les plaisirs et les désagréments des Vélocipèdes et des Chevaux orifères*. Très belle épreuve, *coloriée*.

157. La Soirée amusante. — La Soirée orageuse, 1821. Deux pièces *coloriées*.

158. Les Etrennes de ma femme. — Le nirez-vous, Madame? — La beauté n'a pas besoin de parure. — Milord Pouffe à sa toilette. — Monsieur Belle

taille. — Départ de M. Belle-taille pour le Bal. Six pièces. Belles épreuves, *coloriées.*

NOËL Frères (chez)

159. Les Joueurs. — Les Gourmands. Deux pièces se faisant pendants. Très belles épreuves, *coloriées.*

160. Les Inconvéniens de la Chasse. — Deux Contre un. — La Galanterie Vilageoise. — La Mariée du Pays de Caux. — Les Inconvénients des Marchés de Campagne. — Le Choix du Poisson. — L'Amour du Temps passé. — L'Amour du Temps présent. — La Veillée villageoise. — M. Courtaud. — Guerre des petites Bêtes. — La Famille décrépite. Douze pièces. Belles épreuves, *coloriées.*

PARIS (Est. relatives à)

161. La Galerie du Palais Royal, par G.-F., d'apr. St-Fal. Très belle épreuve, *coloriée.* Rare.

161 *bis.* Les Alliés à la Rotonde du Palais Royal, par Thiébaud. Belle épreuve, *coloriée.*

162. Soirée amusante de la terrasse du Jardin du Luxembourg. — Les Baromètres au Jardin du Luxembourg. — Départ des Habitués de la promenade du Luxembourg pour Long-champ. Trois pièces. Très belles épreuves, *coloriées.*

163. Bobèche sur la Parade au Boulevard du Temple. — Allez voir Baubèche (sic). — Le Grimacier de Tivoli. Trois pièces. Belles épreuves, *coloriées.*

164. La Vogue des Montagnes ou les Montagnes Aériennes du Jardin Beaujon. — Les Montagnes Russes ou la Passion du Jour. — Le zéphir indiscret ou les Charmes des Montagnes Russes. Trois pièces, *coloriées.*

165. Les Commerces nocturnes de Paris. — Provinciaux Visitant les Curiosités de Paris. — L'un soutient l'autre (Palais-Royal). Trois pièces. Belles épreuves, *coloriées.*

166. Le Boulevard Italien (le Prétexte). — Curiosité parisienne. — Longchamp 1823 ou le système d'économie. — Le Sultan parisien ou l'Embarras du choix. Quatre pièces, *coloriées.*

N° 175 du Catalogue.

167. Cris de Paris : Mlle de Poisson. — Ma belle botte d'asperges. — Qui demande un porteur par là ? — En voulez-vous des Pois ? Quatre lith., par P. Feuchère et anonyme.

PATINAGE (Estampes sur le)

168. Les Patineurs (chez la Vve Chereau). — Les Patineurs Anglais. — Les Anglais au canal de l'Ourc. Trois pièces. Belles épreuves, *coloriées.*

PEINTRES (Estampes sur les)

169. Le Tableau de Famille, 1806. — Monsieur Crouton dans son attelier. — Le Peintre Amoureux de son modèle. — L'Artiste dans son coup de feu. — Sortie du Salon. Cinq pièces. Belles épreuves, *coloriées*.

PIGAL (E.-J.)

170. Mœurs Parisiennes, pl. 2 à 7, 10 à 12, 14 à 17, 20 à 23, 25 à 27, 29 à 31, 33, 34, 40, 42, 53, 57, 61, 66, 67, 69, 70 et 72, soit 35 pl. Très belles épreuves, *coloriées* (sauf deux).

171. Scènes de Société, pl. 4, 8, 10, 11, 13 à 16, 18, 20, 23, 25, 27, 30, 33, 34, 36, 37, 39, 41, 42, 44 à 46 et 50, soit 25 pièces. Belles épreuves, *coloriées*.

PORTMAN (L.)

172. *Tableaux de l'Habillement, des Mœurs et des Coutumes dans la République Batave au commencement du dix-neuvième siècle*. — Amsterdam, E. Maaskamp, 1803. — 1 vol. in-4 cart., contenant 1 frontispice et 16 pl. *coloriées*. Très belles épreuves.

SAINT-FAL

173. *Costumes Militaires Etrangers et Français* 1815. *A Paris, chel Noël*, s. d., pl. 1 à 9 et 11 à 14, soit 13 pièces, par P.-M. Alix, *coloriées*, la plupart très belles.

174. Les Anglais en goguettes, par Alix. Belle épreuve, *coloriée*. — Les Nouvellistes du matin (chez Testard). Deux pièces.

SUPRÊME BON TON (le)

175. Le Suprême Bon Ton. *Paris*, *Martinet*, s. d. Suite complète de 30 planches *coloriées*. Très belles épreuves.

THÉATRE (Est. relatives au)

176. La bienvenue. Le début de Mlle Chameroy en Paradis. — Les Fureurs d'Oreste. — L'Auteur applaudi. — L'Auteur sifflé. — Tous deux ont raison. Cinq pièces, *coloriées*.

177. La Couronne Théâtrale disputée par les Dlles Duchesnois et Georges Weimer. — Les Montagnes Russes au Vaudeville. — Les Claqueuses, 2 pl. — Les Bolivars et les Morillos. — Le Café des Comédiens. Six pièces, *coloriées*.

VALMONT (Aug. de)

178. Avenue des Champs-Elysées, Jours de Long Champs. Très belle épreuve, *coloriée*.

179. Il est trop tôt. — Il est trop tard. Dix pièces (sur 12 ?). Belles épreuves, *coloriées*.

VERNET (d'apr. C.)

180. Les Etrangers à Paris, par Delacolombe. Belle épreuve, *coloriée*.

VOITURES ET LES CHEVAUX (Est. sur les)

181. Le Mors aux dents (à Paris, chez Depeuille). Très belle épreuve, *coloriée*.

182. Banqueroutier Frauduleux arrêté par ses créanciers. Très belle épreuve, *coloriée*. Collection Soulavie.

183. Le Mercredi de la Promenade de Longchamps (chez Martinet). Très belle épreuve, *coloriée*.

184. *Allons Messieurs? pour Versailles, St-Cloud, Neuilli* (à Paris, chez Depeuille). Très belle épreuve, *coloriée*.

185. Partant pour St-Cloud. — Le Départ de St-Cloud. Deux pièces publiées par Basset. Très belles épreuves, *coloriées*.

186. Le Désagrément des Piétons dans Paris. — Encore un pour Sceaux. — Le Désarroi. Trois pièces. Belles épreuves, *coloriées*.

187. Garrick's Inconvenience. — Le Départ du Pot de chambre. — Les Jeux ont commencé. — Posting in Irland. — Quatre pièces. Belles épreuves, *coloriées*.

188. Le Vrai Contraste. — Toujours des Catastrophes. Ah ! le Diable de Marais. — Marche de Carnaval, 2 états. Cinq pièces *coloriées* (une manque de conservation).

189. Arrivée des Remplaçans ou tableau de Paris, en Floréal. — Belle épreuve, *coloriée*. — Le Départ au galop, par Darcis, d'apr. C. Vernet, 2 pièces.

WILLE (d'apr. **P.-A.**)

190. Le Dentiste embulant (sic), par Berthault. Très belle épreuve, *imp. en couleurs*. Collection Barrion.

IMPRIMERIE

FRAZIER-SOYE

153-155-157, Rue Montmartre

PARIS

www.ingramcontent.com/pod-product-compliance
Ingram Content Group UK Ltd.
Pitfield, Milton Keynes, MK11 3LW, UK
UKHW022001260726
13994UKWH00004B/1897

9 782329 371436